ARWR

Arwr y Tîm Taro

Steve Barlow – Steve Skidmore

Darluniau gan Sonia Leong

Addasiad gan Catrin Hughes

RILY

CYFRES ARWR – ARWR Y TÎM TARO
ISBN 978-1-904357-75-9

Rily Publications Ltd
Blwch Post 20
Hengoed
CF82 7YR

Cyhoeddwyd am y tro cyntaf gan Franklin Watts yn 2009

Cyhoeddwyd yn wreiddiol yn Saesneg fel
iHero – Strike Force gan Franklin Watts
argraffnod o Hachette Children's Books, un o gwmnïau Hachette UK

Addasiad gan Catrin Hughes
Hawlfraint yr addasiad © Rily Publications Ltd 2011

Noddwyd gan Lywodraeth Cynulliad Cymru

Cysodwyd gan Wasg Dinefwr, Llandybïe, Sir Gaerfyrddin

www.rily.co.uk

Argraffwyd a rhwymwyd yn y Deyrnas Unedig
gan CPI Group (UK) Ltd, Croydon, CR0 4YY

Ganwyd Steve Barlow yn Crewe, Lloegr. Mae e wedi gweithio fel athro, actor, rheolwr llwyfan a phypedwr yn Lloegr, ac yn Botswana, Affrica. Fe gwrddodd â Steve Skidmore mewn ysgol yn Nottingham, a dechreuodd y Ddau Steve ysgrifennu gyda'i gilydd. Mae Steve Barlow yn byw yng Ngwlad yr Haf erbyn hyn, ac yn hwylio cwch o'r enw *Which Way*, oherwydd, fel arfer, does ganddo ddim syniad i ble mae e'n mynd.

Mae Steve Skidmore yn fyrrach ac yn llai blewog na Steve Barlow. Ar ôl pasio rhai arholiadau yn yr ysgol, aeth i Brifysgol Nottingham. Treuliodd y rhan fwyaf o'i amser yno yn gwneud ymarfer corff ac yn gweithio dros yr haf mewn swyddi rhyfedd, gan gynnwys cyfri caeadau pasteiod (wir). Hyfforddodd fel athro, cyn ymuno gyda Steve Barlow a dod yn awdur llawn amser.

Mae rhagor o wybodaeth am y Ddau Steve yma:

www.the2steves.net

YR ARLUNYDD

Mae Sonia Leong yn byw yng Nghaergrawnt, Lloegr, ac mae hi'n arlunydd *manga* enwog. Enillodd gystadleuaeth 'Sêr Newydd Manga' Tokyopop (2005-06) a'i nofel graffeg gyntaf oedd *Manga Shakespeare: Romeo and Juliet*. Mae hi'n aelod o *Sweatdrop Studios* ac mae ganddi ormod o wobrau o lawer i sôn amdanynt fan hyn.

Ewch i wefan Sonia: www.fyredrake.net

Dewis dy dynged...

Mae'r llyfr hwn yn wahanol i lyfrau eraill y byddi di wedi eu darllen. *Ti* yw arwr yr antur y tro hwn. Ti sy'n penderfynu sut mae'r antur yn datblygu.

Mae rhif ar bob adran o'r llyfr. Ar ddiwedd y rhan fwyaf o'r adrannau, bydd gen ti ddewis. Bydd hynny'n dy arwain di i adran wahanol o'r llyfr.

Bydd rhai dewisiadau yn dy helpu i orffen yr antur yn llwyddiannus. Ond rhaid i ti fod yn ofalus – mae dewis anghywir yn gallu bod yn beryg bywyd!

Os byddi di'n methu, dechreua eto a dysga o dy gamgymeriadau.

Os byddi di'n dewis yn gywir, fe wnei di lwyddo.

Paid â methu, bydda'n arwr!

Rwyt ti'n aelod o'r Tîm Taro, criw gweithredu'r Lluoedd Arbennig. Rwyt ti wedi cymryd rhan mewn sawl gorchwyl peryglus ar hyd a lled y byd. Mae'r llywodraeth yn galw ar y Tîm Taro pan fydd popeth arall wedi methu. Rhaid i ti fod ar gael 24 awr y dydd, 7 diwrnod yr wythnos.

Fel uwch aelod o'r llu, rwyt ti'n arbenigwr ar ymladd ac arfau. Rwyt ti'n siarad nifer o ieithoedd hefyd. Un bore, rwyt ti yn y gampfa yng nghanolfan y Tîm Taro pan ddaw milwr i mewn a saliwtio. "Mae Nemesis yn gofyn am gael eich gweld ar unwaith. Sefyllfa Côd Du," mae e'n dweud. Ffugenw'r pennaeth yw Nemesis, a Chôd Du yw'r gorchwyl lefel uchaf. Beth bynnag yw'r dasg sy' ar y gweill, fe fydd hi'n hynod o beryglus.

Rwyt ti'n cyrraedd y ganolfan weithredu ac yn cael dy arwain i ystafell friffio ddiogel. Mae milwr yn agor y drws, ac rwyt ti'n mynd i mewn. Mae Nemesis yn eistedd wrth ei ddesg.

"Mae gennym sefyllfa anffodus," mae e'n dweud. "Ac rydyn ni angen i ti ddelio â hi."

- **Nawr tro i adran 1**

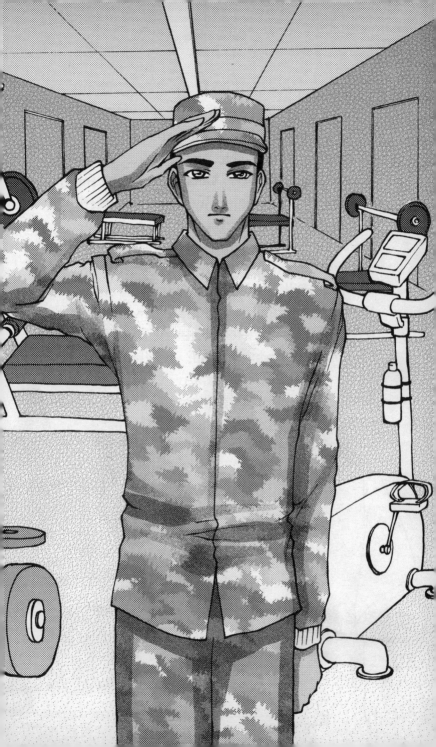

1

Mae Nemesis yn edrych arnat ti'n ddifrifol.

"Does dim amser i'w wastraffu, felly gwranda'n ofalus. Mae Victor Lokos, Arlywydd talaith Amasonia, De America, yma ar ymweliad swyddogol â Phrydain. Roedd ei lywodraeth yn ddefnyddiol iawn wrth i ni fynd ati i geisio dinistrio'r fasnach gyffuriau yn ei wlad."

Rwyt ti'n nodio. "Ro'n i yno llynedd, ar ymgyrch arall – Ymgyrch y Ddeilen Werdd. Roedd hi'n ymgyrch anodd; fe gawson ni'r wybodaeth anghywir gan ein cyswllt yno, Manos, a bu bron i ni golli sawl dyn. Fe ddaethon ni o hyd i ffatri gyffuriau yn fforest Amason a'i dinistrio, ac fe gafodd llawer o bobl eu harestio. Doedd Manos fawr o help."

VICTOR LOKOS
ARLYWYDD TALAITH
AMASONIA, DE AM
YMWELIAD SWYD
PERYGL DIOGELWC
YMGYRCH Y DDEILE
WERDD

Mae llais Nemesis yn caledu. "Doedd penaethiaid y gangiau cyffuriau ddim yn hapus ar ôl Ymgyrch y Ddeilen Werdd. Fe wnaethon nhw addo dial, ac mae'n edrych fel petaen nhw'n cadw at eu gair. Mae hon yn sefyllfa Côd Du. Mae arna i dy angen di, ond fe fydd raid i ti weithio gyda Manos eto." Rwyt ti'n ystyried yn ofalus. Bu bron i Ymgyrch y Ddeilen Werdd fethu oherwydd Manos, ond mae'n swnio fel petai hon yn ymgyrch bwysig.

• **Os nad wyt ti eisiau gweithio gyda Manos, cer i 35**
• **Os wyt ti'n cytuno i weithio gyda Manos, cer i 12**

2

"Rhaid i ni rwystro'r fan," rwyt ti'n dweud wrth Manos.

"Sut allwn ni wneud hynny?" mae e'n gofyn. Mae'n rhaid i ti wneud penderfyniad brys.

- **Os wyt ti eisiau i'r hofrennydd orfodi'r fan oddi ar y ffordd, cer i 44**
- **Os wyt ti am geisio glanio ar do'r fan, cer i 19**
- **Os wyt ti'n penderfynu saethu at deiars y fan, cer i 41**

3

Rwyt ti'n rhoi dy droed ar y sbardun ac yn gwibio ar hyd y lonydd gwledig. Mae'r cerbyd yn llithro rownd y corneli, a phrin yn osgoi ceir eraill.

Mae'r ffôn lloeren yn canu eto. Nemesis sydd yno. "Rwyt ti'n hwyr," mae e'n dweud. "Maen nhw wedi cipio'r ferch. Mae'r Arlywydd yn gynddeiriog. Dyw e ddim eisiau i ti fod yn rhan o'r ymgyrch i achub ei wyres. Fe anfona i dîm arall. Dere yn ôl i'r ganolfan."

- **Rwyt ti wedi methu. Os wyt ti eisiau dechrau dy antur eto, tro'n ôl i 1**

4

Rwyt ti'n rhoi'r gwn peiriant dros dy ysgwydd ac yn camu at y drws.

"Gollynga fi ddeg metr!" rwyt ti'n gweiddi ar Manos. Mae e'n rhyddhau brêc y winsh ac rwyt ti'n llamu allan. Rwyt ti'n hyrddio tua'r ddaear am ddeg metr ac yna mae'r rhaff yn tynhau. Rwyt ti'n hongian uwchben to'r fan, sy'n teithio'n gyflym. Rwyt ti'n cymryd cipolwg sydyn ar y lôn o dy flaen ac yn sylwi ar beilonau trydan. Mae'r ceblau'n croesi uwchben y ffordd. Fe fyddi di'n eu taro mewn llai na thri deg eiliad. Rhaid i ti ymateb ar unwaith!

- **Os wyt ti eisiau galw ar Manos i dy godi ar unwaith, cer i 20**
- **Os wyt ti eisiau saethu at y fan, cer i 26**
- **Os wyt ti eisiau ceisio gosod y ddyfais tracio ar y fan, cer i 36**

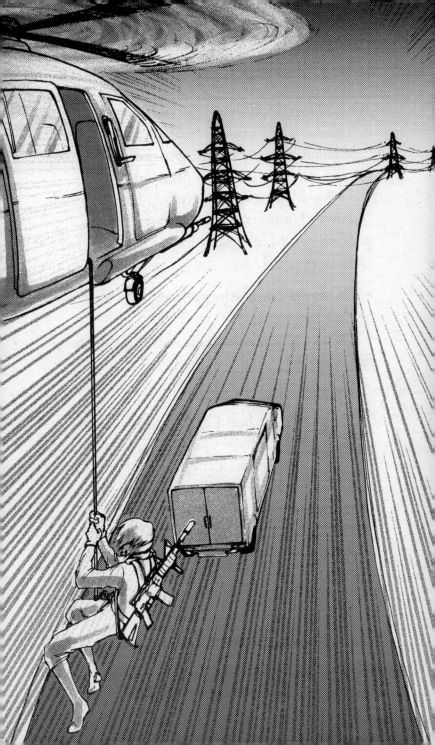

5

Wrth i'r fan ddod tuag at yr hofrennydd, rwyt ti'n gweiddi ar y peilot i hedfan yn uwch.

Mae e'n gwneud hynny, jyst mewn pryd. Mae to'r fan yn crafu yn erbyn gwaelod yr hofrennydd wrth iddo gyflymu i lawr y ffordd. "Cadwa'r fan o fewn golwg," rwyt ti'n gorchymyn. Mae'r hofrennydd yn dilyn y fan ar gyflymder uchel.

- **Os wyt ti am geisio gollwng dy hun i lawr ar do'r fan, cer i 19**
- **Os wyt ti'n penderfynu saethu at deiars y fan, cer i 41**

6

"Sut wyt ti'n gwybod hyn?" rwyt ti'n gofyn.

"Mae gen i hysbyswr yn y gang," mae Manos yn ateb. "Piwma yw ei ffugenw. Mae e'n dweud bod herwgipiad ar fin digwydd."

"Ydyn ni'n gallu dibynnu ar ei wybodaeth?" rwyt ti'n gofyn.

"Fe fyddwn i'n fodlon ymddiried fy mywyd i Piwma."

"Ond efallai nad dy fywyd di fydd mewn perygl," rwyt ti'n dweud wrth Manos. "Efallai mai fy mywyd *i* fydd yn y fantol…"

- **Cer i 18**

7

Wrth i ti siglo ar y rhaff, rwyt ti'n saethu at y fan, ond rwyt ti'n methu'r targed.

Mae'r ceblau trydan yn agosáu. Rwyt ti'n dweud wrth Manos i dy godi'n ôl.

- **Cer i 17**

8

Rwyt ti'n gofyn i beilot yr hofrennydd arafu.

O'r diwedd, rydych chi'n cyrraedd yr ysgol ac mae'r hofrennydd yn glanio. Mae'r unedau milwrol eraill wedi cyrraedd yn barod, ond yn rhy hwyr. Mae sawl heddwas yn farw ac mae'r herwgipwyr wedi mynd â'r ferch. Rwyt ti'n cysylltu â Nemesis ar y radio, ac yn dweud beth sydd wedi digwydd. Mae e'n gandryll. "Fe wnest ti arafu! Pa fath o asiant wyt ti? Paid â thrafferthu dod yn ôl i'r ganolfan! Mae dy ddyddiau di ar ben yn y Tîm Taro, y llwfrgi!"

- **Os wyt ti eisiau ail-ddechrau dy ymgyrch, cer i 1**

9

"Mae Manos yn gywir," rwyt ti'n dweud. "Fe ddylen ni ddefnyddio hofrennydd y Tîm Taro. Mae 'na ddigon o arfau ac offer arno, ac mae'n barod i hedfan gyda dim ond pum munud o rybudd."

Mae Nemesis yn cytuno. "O'r gorau. Dewch â'r ferch yn ôl yma, cyn i'r gang ei chipio. Peidiwch â dychwelyd hebddi – deall? Pob lwc."

- **Cer i 46**

10

Mae'r fan yn dal i ruthro ar hyd y lonydd gwledig. Er bod peilot yr hofrennydd yn gwneud ei orau, mae hi'n mynd yn anoddach i ddilyn y fan. Cyn bo hir, fe fydd y fan yn diflannu.

- **Os wyt ti eisiau i'r hofrennydd orfodi'r fan oddi ar y ffordd, cer i 44**
- **Os wyt ti eisiau gollwng dy hun i lawr at do'r fan, cer i 19**

11

"Dal ati i ddilyn y targed," rwyt ti'n dweud wrth y peilot. "Ond paid â mynd yn rhy agos. Gad iddyn nhw feddwl eu bod nhw wedi ein colli ni."

Rydych chi'n dilyn y fan am beth amser gan ddefnyddio'r ddyfais tracio. O'r diwedd, mae'r fan yn aros, ac rydych chi'n cylchu cyn hedfan yn nes.

Mae'r fan wedi parcio tu allan i warws mewn hen stad ddiwydiannol. Rwyt ti'n danfon neges radio gyda'r lleoliad i ganolfan y Tîm Taro. Mae Nemesis yn dweud fod yna unedau eraill ar eu ffordd, ond maen nhw hanner awr i ffwrdd. "Allwn ni ddim aros," rwyt ti'n dweud. "Mae'r gang yn nerfus – fe allen nhw ladd y ferch a cheisio dianc. Rhaid i ni fynd i mewn yno nawr, ac ymosod yn annisgwyl."

• **Os wyt ti eisiau glanio, ac yna cerdded i chwilio, cer i 33**
• **Os wyt ti eisiau chwilio'r warws gan ddefnyddio'r offer darganfod gwres sydd ar fwrdd yr hofrennydd, cer i 37**

12

Rhaid i ti ymddiried ym marn Nemesis.

"Os wyt ti'n dweud ei fod e'n bwysig, fe weithia i gydag e."

"Diolch." Mae Nemesis yn gwenu ac yna'n defnyddio'r intercom. "Danfonwch Manos i mewn atom ni." Mae'r drws yn agor, ac mae Manos yn dod i mewn i'r swyddfa. "Rydych chi'n adnabod eich gilydd," mae Nemesis yn dweud. Rwyt ti'n rhythu ar Manos. Mae e'n camu ymlaen atat ti, ac yn estyn ei law.

- **Os wyt ti am ysgwyd ei law, cer i 25**
- **Os wyt ti am anwybyddu ei law, cer i 43**

13

Cyn i ti gael cyfle i saethu, rwyt ti'n gweld dryll wedi'i anelu atat.

Rwyt ti'n clywed cyfres o ergydion. Mae'r boen yn llifo trwy dy gorff, ac mae'r düwch yn cau amdanat ti.

- **Os wyt ti am ddechrau'r ymgyrch eto, cer i 1**

14

Mae'r hofrennydd yn cylchu wrth i ti wylio'r gang yn taflu'r ferch i gefn y fan. Yna, wrth iddyn nhw ffoi, rwyt ti'n gofyn i'r peilot ddilyn y fan. Rwyt ti'n cysylltu gyda Nemesis ar y radio, ac yn gofyn iddo ddweud wrth yr unedau eraill i dracio'r hofrennydd.

Rydych chi'n dal ati i ddilyn y fan. Mae hi'n dechrau tywyllu, felly rwyt ti'n cynnau golau chwilio'r hofrennydd. Mae'r fan yn rhuthro ar hyd y ffyrdd gwledig, ac mae'n anoddach cadw golwg arni.

- **Os wyt ti eisiau dal ati i ddilyn y fan, cer i 10**
- **Os wyt ti'n penderfynu bod rhaid gorfodi'r fan i aros, cer i 2**

15

Wrth i ti godi ar dy draed, rwyt ti'n sylwi ar ddyn yn symud tu ôl i bentwr o focsys, deg metr i'r chwith oddi wrthyt ti. Mae'n amlwg nad yw e wedi dy weld.

Rwyt ti'n cropian i gyfeiriad y bocsys. Rwyt ti'n dod yn nes ac yn nes. Rwyt ti ar fin llamu ar dy draed a dechrau saethu pan wyt ti'n clywed sŵn merch yn llefain. Mae wyres yr Arlywydd tu ôl i'r bocsys hefyd. Fedri di ddim tanio, rhag ofn i ti ei tharo hi. Rwyt ti'n croesi'r llawr yn sydyn. Mewn eiliad, rwyt ti wedi cyrraedd yr ochr draw i'r bocsys ac yn anelu dy wn at yr aelod o'r gang. Mae e'n codi'i ddwylo, gan alw "Paid â saethu, Piwma ydw i!"

- **Os wyt ti am saethu ato beth bynnag, cer i 13**
- **Os wyt ti am wrando ar beth sydd ganddo i'w ddweud, cer i 34**

16

Mae goleuadau llachar y fan yn dy ddallu. "Dal dy dir!" rwyt ti'n gorchymyn y peilot.

Mae hi'n edrych fel pe bai'r fan am daro yn erbyn yr hofrennydd, ond ar yr eiliad olaf, mae'n gwyro i'r ochr. Mae'r teiars yn sgrechian, ac mae'r fan yn rholio i ymyl y ffordd. Rwyt ti'n gwylio'r cyfan mewn arswyd wrth iddi daro yn erbyn coeden a ffrwydro. Rwyt ti'n llamu allan o'r hofrennydd, ond mae'n rhy hwyr, mae pawb yn y fan wedi'u lladd. Rwyt ti wedi lladd wyres yr Arlywydd – rwyt ti wedi methu.

• **Os wyt ti eisiau dechrau'r ymgyrch eto, cer i 1.**

17

Mae Manos yn troi'r winsh ymlaen ac rwyt ti'n codi ar unwaith.

Mae'r ceblau'n agos iawn. Mae'r hofrennydd yn codi, ond mae'n rhy hwyr. Rwyt ti'n hongian o dan yr hofrennydd, ac rwyt ti'n cael dy lusgo i ganol y ceblau. Mae gwreichion llachar yn goleuo'r awyr, ac rwyt ti'n sgrechian mewn poen wrth i'r trydan marwol ddod â dy ymgyrch i ben.

• **Os wyt ti eisiau dechrau'r ymgyrch eto, cer yn ôl i 1.**

18

Rwyt ti'n troi at Nemesis. "Felly pam wyt ti fy angen i?" rwyt ti'n gofyn. "Gwaith yr heddlu yw amddiffyn y ferch, ie?"

"Mae'r Arlywydd ei hun wedi gofyn amdanat ti. Fe fyddai e'n hoffi i ti warchod ei wyres. Mae e'n gwybod am dy waith gyda Ymgyrch y Ddeilen Werdd, ac mae e'n dy edmygu di. Mae heddlu arfog wedi eu hanfon i'r ysgol erbyn hyn, i wneud yn siŵr bod y ferch yn ddiogel nes byddi di'n cyrraedd. Dere â'r ferch yn ôl yma. Fe wnawn ni ei hamddiffyn hi, nes byddwn ni'n darganfod pwy yw'r herwgipwyr."

"Fe ddo' i gyda ti," mae Manos yn dweud.

Dwyt ti ddim yn hapus ynghylch hyn, ac felly rwyt ti'n gofyn, "Oes rhaid?"

"Oes… Mae'n rhaid iddo ddod gyda ti," mae Nemesis yn ateb. "Rwy'n gorchymyn hynny."

- **Os wyt ti'n fodlon i Manos ddod gyda ti, cer i 39**
- **Os wyt ti'n gwrthod ufuddhau i orchymyn Nemesis, cer i 49**

19

"Dwi am abseilio i lawr at y to. Gweithreda di'r winsh," rwyt ti'n dweud wrth Manos.

Rwyt ti'n gwisgo harnais ac yn cysylltu rhaff y winsh iddo. Wrth i ti agor drws yr hofrennydd, mae chwa o wynt yn dy daro yn dy wyneb. Rwyt ti'n dweud wrth y peilot i hedfan yn union uwchben to'r fan. Rwyt ti'n gwisgo'r gogls gweld yn y tywyllwch, ac yn estyn dyfais tracio o'r bocs offer. Ond pa arf ddylet ti ddewis?

- **Os wyt ti'n dewis gwn peiriant, cer i 4**
- **Os yw hi'n well gennyt ti gael gwn llaw, cer i 28**

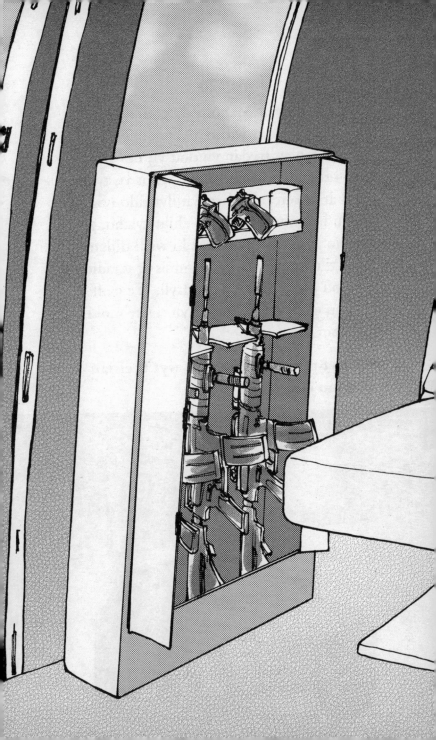

20

Rwyt ti'n galw ar Manos i dy godi'n ôl i'r hofrennydd gyda'r winsh.

Mae'r ceblau trydan yn dod yn nes ac yn nes wrth i ti godi'n uwch. Mae'r peilot yn tynnu'n galed ar yr offer rheoli ac yn llwyddo i basio'r ceblau heb niwed. Rydych chi'n cylchu, gan chwilio am y fan, ond mae hi wedi diflannu. Rwyt ti'n cysylltu gyda Nemesis ar y radio i roi gwybod iddo. Mae e'n gandryll. "Fe gaiff yr unedau eraill ddelio gyda hyn. Dere'n ôl i'r ganolfan."

- **Rwyt ti wedi methu. Os wyt ti eisiau dechrau eto, cer i 1**

21

"Rwyt ti'n poeni gormod," rwyt ti'n dweud wrth Manos. "Wnaiff yr herwgipwyr ddim gweithredu eto. Fe ddefnyddiwn ni'r cerbyd SUV."

Mae Nemesis yn dweud, "Cadwch mewn cysylltiad. A phob lwc."

Rwyt ti a Manos yn gadael yr ystafell ac yn mynd draw i iard gerbydau'r Tîm Taro. Mae'r SUV wedi ei lwytho gydag arfau ac offer. Rwyt ti'n annog Manos i fynd i mewn i'r car, yn bwydo gwybodaeth i'r system llywio lloeren, ac yn dechrau'r daith.

Rwyt ti wedi bod yn gyrru ers chwarter awr pan mae'r ffôn yn canu. Nemesis sydd yno. "Rydyn ni'n derbyn adroddiadau am ymosodiad arfog ar yr ysgol. Rhaid i chi gyrraedd yno ar unwaith!"

- **Os wyt ti am yrru i'r ysgol mor gyflym â phosib, cer i 3**
- **Os wyt ti eisiau mynd yn ôl i'r ganolfan a defnyddio'r hofrennydd, cer i 31**

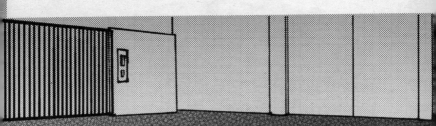

22

Rwyt ti'n codi Helena, ac yn mynd yn ôl at
Manos gyda Piwma.

Rwyt ti'n dweud wrth Piwma i helpu Manos,
ac yn danfon neges radio at beilot yr
hofrennydd i ddod i'ch casglu. O fewn eiliadau,
rwyt ti'n gweld hofrenyddion eraill yn cyrraedd.
Mae rhaffau'n cael eu taflu allan o'r
hofrenyddion, ac mae sgwadiau o filwyr yn
abseilio i lawr y rhaffau ac yn rhuthro at y
warws. Fe fydd yr aelodau o'r gang sy'n dal yn
fyw yn cael eu dal a'u cosbi. Rwyt ti a Piwma
yn codi Helena a Manos i mewn i'r hofrennydd,
ac yna'n dringo i mewn iddo eich hunain.
"Adref â ni!" rwyt ti'n dweud wrth y peilot.

• **Cer i 50**

23

Rwyt ti'n gorchymyn y peilot i hedfan yn gynt.
Cyn bo hir, mae'r hofrennydd uwchben yr
ysgol.

Rwyt ti'n cysylltu â Nemesis, ac mae e'n
rhybuddio fod rhai o'r heddlu wedi cael eu
lladd. Mae'r gang eisoes wedi cipio wyres yr
Arlywydd, ac maen nhw'n ceisio dianc mewn
cerbyd sydd wrth gefn yr ysgol. Rwyt ti'n gweld
grŵp o ddynion yn rhedeg i gyfeiriad fan.
Maen nhw'n llusgo merch ifanc gyda nhw.
Mae'r heddlu'n eu dilyn, ond dydyn nhw ddim
yn saethu. Beth ddylet ti ei wneud?

• **Os wyt ti'n dewis hedfan i mewn yno a
saethu at aelodau'r gang, cer i 38**
• **Os wyt ti'n penderfynu glanio'r
hofrennydd yn agos at y fan, cer i 33**
• **Os wyt ti am adael i'r gang fynd i mewn
i'r fan, ac yna eu dilyn yn yr hofrennydd,
cer i 14**

24

Rwyt ti'n estyn cyllell o dy wregys ac yn torri'r rhaff.

Rwyt ti'n glanio ar do'r fan gyda chlec. Mae'r fan yn cyflymu, ac rwyt ti bron â llithro oddi arni. Rywsut, rwyt ti'n llwyddo i gadw dy gydbwysedd ac i osod y ddyfais tracio ar y to. Ar ôl gwneud hynny, rwyt ti'n paratoi i neidio, ac yna'n llamu oddi ar y to. Rwyt ti'n taro'r ffordd ac yn rowlio.

• **Cer i 27**

25

Rwyt ti'n siglo llaw Manos.

"Mae'n ddrwg gen i am yr hyn ddigwyddodd yn ystod Ymgyrch y Ddeilen Werdd," mae Manos yn dweud. "Rwy'n addo i ti na fydda i'n gwneud unrhyw gamgymeriadau tro 'ma."

Rwyt ti'n dal yn ansicr ohono, ond rwyt ti'n derbyn ei ymddiheuriad. "O'r gorau. Felly beth sy'n mynd ymlaen nawr?" Mae Manos yn cynnig ffeil i ti. Rwyt ti'n agor y ffeil ac yn gweld llun o ferch ifanc. Mae Manos yn dechrau egluro.

"Dyma Helena Lokos, wyres yr Arlywydd. Mae hi'n ddisgybl mewn ysgol fonedd ym

Mhrydain, ysgol o'r enw Parc Beram. Doedd neb yn gwybod pwy yw hi go iawn. Ond, yn ystod ei ymweliad â Phrydain, mae'r Arlywydd wedi cyhoeddi ei fod eisiau mynd i weld Helena. Mae pawb yn gwybod ble mae Helena, a phwy yw hi nawr. Rwy wedi clywed fod y barwniaid cyffuriau yn bwriadu ei herwgipio hi. Fe fyddan nhw'n ei lladd hi os nad yw'r Arlywydd yn cytuno i ryddhau'r dynion gafodd eu carcharu ar ôl Ymgyrch y Ddeilen Werdd." Rwyt ti angen gwybod mwy am yr ymgyrch. Wrth bwy ddylet ti ofyn?

- **Os wyt ti eisiau gofyn i Nemesis, cer i 18**
- **Os wyt ti eisiau gofyn i Manos, cer i 6**

26

Rwyt ti'n ceisio estyn y gwn peiriant oddi ar dy ysgwydd, ond mae'n anodd cyrraedd y gwn gan fod y rhaff yn siglo. Rwyt ti'n rhy araf! Trwy'r gogls gweld yn y tywyllwch rwyt ti'n sylwi ar rywun yn saethu atat ti o'r fan. Mae'r bwledi'n dy daro, a chyn hir, mae dy gorff yn hongian yn llipa ar y rhaff.

- **Rwyt ti wedi methu'n llwyr. Os wyt ti eisiau dechrau eto, tro'n ôl i 1**

27

Mae'r fan yn gyrru i ffwrdd wrth i ti sefyll ar dy draed. Rwyt ti'n siarad i mewn i dy radio. "Dewch i 'nghasglu i."

O fewn munudau, mae'r hofrennydd wedi glanio ac rwyt ti'n dringo i mewn iddo. "Da iawn," mae Manos yn dweud. Rwyt ti'n cynnau'r system dracio ac yn tynnu anadl ddofn o ryddhad. Mae'r traciwr yn gweithio. Beth yw'r cynllun nawr?

- **Os wyt ti eisiau mynd yn ôl i'r ganolfan a gadael i unedau eraill ddelio â'r sefyllfa,** cer i 45
- **Os wyt ti'n penderfynu dilyn y fan,** cer i 11

28

Rwyt ti'n codi'r gwn llaw ac yn camu at ymyl y drws.

"Gollynga fi ddeg metr!" rwyt ti'n dweud wrth Manos. Mae e'n rhyddhau brêc y winsh ac rwyt ti'n llamu allan o'r hofrennydd. Rwyt ti'n hyrddio tua'r ddaear am ddeg metr ac yna mae'r rhaff yn tynhau. Rwyt ti'n hongian uwchben y fan, yn teithio'n gyflym. Rwyt ti'n cymryd cipolwg sydyn ar y lôn o dy flaen ac yn sylwi ar beilonau trydan. Mae'r ceblau'n croesi uwchben y ffordd. Fe fyddi di'n eu taro mewn llai na thri deg eiliad. Rhaid i ti ymateb ar unwaith!

- **Os wyt ti eisiau ceisio gosod y ddyfais tracio ar do'r fan, cer i 36**
- **Os wyt ti eisiau gorchymyn i Manos dy godi di ar unwaith, cer i 20**
- **Os wyt ti am aros ble'r wyt ti, a saethu at y fan, cer i 7**

29

"Gad i mi weld dy goes."

Wrth i ti blygu ymlaen i edrych ar yr anaf, mae Manos yn codi ei wn ac yn anelu atat. Rwyt ti'n syllu mewn braw wrth i ti baratoi ar gyfer trawiad y bwledi. Mae e'n tynnu'r glicied, ac mae llif o fwledi'n hedfan dros dy ysgwydd. Rwyt ti'n troi mewn pryd i weld aelod o'r gang yn cwympo i'r llawr. Mae Manos wedi achub dy fywyd. "Diolch i ti," rwyt ti'n dweud.

Mae Manos yn dweud, "Fe elli di ymddiried ynof fi. Nawr cer i achub y ferch!"

• **Cer i 15**

30

"Gollwng fi bum metr," rwyt ti'n gweiddi i mewn i'r radio.

Mae Manos yn ufuddhau, ac rwyt ti'n glanio ar do'r fan gyda chlec. Mae'r fan yn cyflymu. Rwyt ti'n gosod y ddyfais tracio ar y to. Mae'r ceblau'n agosáu. Sut wyt ti am ddianc oddi ar do'r fan?

- **Os wyt ti'n torri dy raff, cer i 40**
- **Os wyt ti'n gofyn i Manos dy godi'n ôl i'r hofrennydd gyda'r winsh, cer i 17**

31

Rwyt ti'n troelli'r car o amgylch ac yn newid cyfeiriad. Rwyt ti'n gwasgu dy droed ar y sbardun ac yn rhuthro ar hyd y lonydd gwledig.

Mae'r car yn sgrechian rownd y corneli, gan fethu ceir eraill o drwch blewyn. Rwyt ti'n anfon neges radio i'r ganolfan, i ddweud wrthyn nhw baratoi'r hofrennydd i adael ar unwaith. Rwyt ti'n yrrwr da, ac rwyt ti'n cyrraedd yn ôl i'r ganolfan yn fuan. Rwyt ti'n brecio'n sydyn, yn llamu allan o'r car, ac yn neidio i mewn i hofrennydd y Tîm Taro. Mae Manos yn dy ddilyn di.

- **Cer i 46**

32

Rwyt ti'n anelu, ac yn taflu'r ddyfais tracio. Mae'r fan yn cyflymu, ac mae'r ddyfais yn taro'r to cyn bownsio i'r llawr. Rwyt ti'n bytheirio. Does dim amser i geisio gosod dyfais arall.

- **Cer i 20**

33

Rwyt ti'n gorchymyn i'r peilot lanio'r hofrennydd yn agos at fan y gang.

Wrth iddo wneud hynny, mae'r gang yn dechrau saethu. Mae'r hofrennydd yn symud yn araf, ac felly mae e'n darged hawdd. Rwyt ti'n saethu'n ôl wrth weiddi ar y peilot i godi'n uwch.

Mae'n rhy hwyr. Mae'r bwledi'n rhwygo trwy'r hofrennydd. Rwyt ti'n teimlo poen ofnadwy yn dy frest ac yn cwympo i'r llawr. Fe delaist ti'r pris eithaf.

- **Os wyt ti eisiau dechrau'r ymgyrch eto, cer yn ôl i 1**

34

"Ai ti yw cyswllt Manos?" rwyt ti'n gofyn.

"Ie," mae e'n ateb, cyn symud yn araf i ddangos wyres yr Arlywydd y tu ôl iddo.
"Fe symudais i hi oddi wrth weddill y gang pan ddechreuodd yr ymosodiad. Rhaid i ni fynd â hi o 'ma. Fe fydd y gweddill yn siŵr o'i lladd hi, fel cosb." Rwyt ti'n cytuno ag e, ac yn estyn dy law at y ferch.

"Dere gyda mi, Helena. Fe edrycha i ar dy ôl di." Mae hi'n crynu gan ofn, ond mae hi'n cydio yn dy law.

- **Cer i 22**

35

"Dydw i ddim eisiau gweithio gydag e," rwyt ti'n dweud. "Fedra i ddim ymddiried ynddo."

Dyw Nemesis ddim yn hapus. "Fe alla i orchymyn i ti wneud hyn. A phetaet ti'n gwrthod…"

Beth ddylet ti ei wneud?

- **Os wyt ti'n cytuno i weithio gyda Manos, cer i 12**
- **Os wyt ti'n dal yn gwrthod gwneud hynny, cer i 49**

36

Rwyt ti'n estyn y ddyfais tracio o dy boced, ac yn gwasgu'r botwm i'w arfogi.

Mae'r ddyfais yn fagnetig, felly fe fydd yn glynu wrth y to. Rwyt ti bum metr uwchben y fan, ac mae'r ceblau'n agosáu. Sut wyt ti am osod y traciwr ar y to?

- **Os wyt ti eisiau gollwng y ddyfais ar y to, gan obeithio y bydd yn glynu, cer i 32**
- **Os wyt ti eisiau gorchymyn i Manos dy ostwng i'r to, i ti gael gosod y ddyfais yn ei lle, cer i 30**
- **Os wyt ti eisiau torri'r rhaff a chwympo ar y to, cer i 24**

37

Rwyt ti'n gorchymyn y peilot i hedfan mewn cylchoedd tra rwyt ti'n ceisio gweld beth sy'n digwydd yn y warws. Mae'r offer adnabod gwres yn dangos ble mae'r gang. Maen nhw ar y llawr gwaelod, yn agos at flaen yr adeilad.

Rwyt ti'n gallu gweld chwe ffigwr. Mae'n rhaid mai wyres yr Arlywydd yw un o'r rhain, felly mae yna bump aelod o'r gang. Sut ddylet ti ymosod ar y warws?

- **Os wyt ti eisiau ymosod o flaen yr adeilad, cer i 33**
- **Os wyt ti eisiau ymosod o gefn yr adeilad, cer i 48**

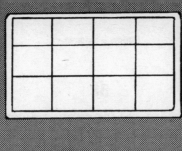

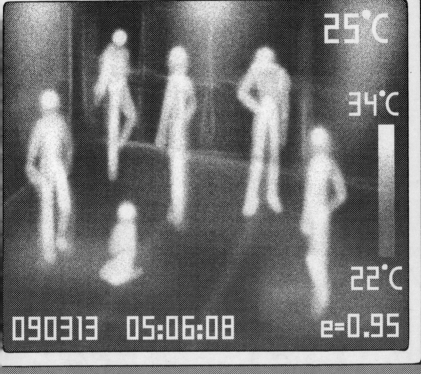

25°C

34°C

22°C

090313   05:06:08   e=0.95

38

Wrth i ti anelu, mae Manos yn cydio'n dy fraich. "Paid â mentro! Fe allet ti daro'r ferch!" Rwyt ti'n oedi. Ydy Manos yn iawn? Oes yna ddewis arall?

• **Os wyt ti am anwybyddu Manos, cer i 47**
• **Os wyt ti'n penderfynu glanio'r hofrennydd yn agos at y cerbyd dianc, cer i 33**
• **Os wyt ti am adael i'r gang fynd i mewn i'r fan, ac yna eu dilyn yn yr hofrennydd, cer i 14**

39

"O'r gorau," rwyt ti'n dweud. "Pa mor bell yw'r ysgol o fan hyn?"

"Dwy awr ar hyd y ffyrdd," mae Nemesis yn dweud. "Fe allet ti ddefnyddio cerbyd SUV y Tîm Taro."

"Mae dwy awr yn amser hir," mae Manos yn dweud. "Fe allen ni fod yn rhy hwyr."

- **Os wyt ti'n cytuno gyda Manos, cer i 9**
- **Os wyt ti'n anghytuno ag e, cer i 21**

40

Rwyt ti'n estyn cyllell o dy wregys ac yn torri dy raff. Mae'r hofrennydd yn pellhau.

Ar ôl gosod y ddyfais, rwyt ti'n paratoi i neidio, ac yn llamu oddi ar y to. Rwyt ti'n taro'r ffordd ac yn rowlio.

- **Cer i 27**

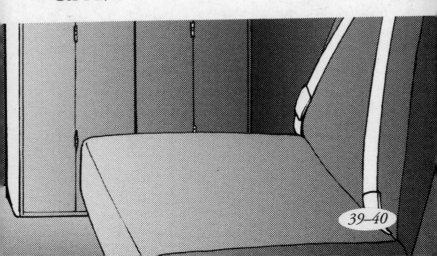

41

Rwyt ti'n agor drws yr hofrennydd.

Rwyt ti'n codi dy wn, yn anelu at deiars y fan, ac yn gwasgu'r glicied. Mae'r llif bwledi'n goleuo'r awyr. Mae'r gyrrwr yn gwneud ei orau i gadw'r fan allan o lwybr y bwledi, ond rwyt ti'n dal i saethu. Yn sydyn, mae teiars y fan yn ffrwydro. Mae'r cerbyd yn hyrddio ar draws y ffordd. Rwyt ti'n gwylio mewn arswyd wrth i'r fan droelli ar draws y ffordd a tharo coeden. Mae ffrwydrad, ac mae'r fan yn wenfflam.

"Y ffŵl!" mae Manos yn bloeddio. "Rwyt ti wedi lladd wyres yr Arlywydd!"

- **Rwyt ti wedi methu. Os wyt ti eisiau ail-ddechrau, cer i 1**

42

Rwyt ti'n taflu grenâd syfrdanu. Mae'r aer yn llawn sŵn a mwg. Rydych chi'n symud ymlaen yn ofalus, gan chwilio am y ferch.

Yn sydyn, mae rhywun yn saethu, gan daro Manos. Rwyt ti'n troi a thanio'n ôl. Mae'r dyn saethodd Manos yn cwympo i'r llawr. Rwyt ti'n rhuthro at Manos ac yn plygu drosto. "Dwi'n iawn," mae Manos yn dweud. "Dim ond fy nghoes i yw e. Rhaid i ti fynd yn dy flaen."

• **Os wyt ti am aros i ddelio gydag anaf Manos, cer i 29**
• **Os wyt ti am barhau i chwilio am y ferch, cer i 15**

43

Rwyt ti'n sefyll yn wynebu Manos. "Bu bron i dy wybodaeth anghywir di ladd pob aelod o'r tîm," rwyt ti'n dweud.

"Mae'n ddrwg gen i," mae Manos yn ateb. "Ro'n i'n gweithredu'n gwbl ddidwyll. Wnei di faddau i mi?" Rwyt ti'n dawel.

Mae Nemesis yn dweud, "Rydyn ni angen ei help e, felly rwy'n gorchymyn i ti dderbyn ei ymddiheuriad."

- **Os wyt ti'n ufuddhau, cer i 25**
- **Os nad wyt ti, cer i 49**

44

Rwyt ti'n dweud wrth y peilot am hedfan dros y fan. Mae e'n hedfan heibio'r fan yn gyflym.

Rydych chi bedwar can metr o flaen y fan pan wyt ti'n gofyn i'r peilot droi'r hofrennydd i wynebu'r fan, ac i hofran ychydig uwchben y lôn. Mae e'n gwneud hynny. Mae goleuadau'r fan yn disgleirio wrth iddi ruthro tuag at yr hofrennydd. Dyw hi ddim yn arafu!

- **Os wyt ti eisiau saethu at y fan, cer i 41**
- **Os wyt ti'n gorchymyn y peilot i godi'n uwch, cer i 5**
- **Os wyt ti'n penderfynu cadw'r hofrennydd yn yr un safle, cer i 16**

45

Rwyt ti'n dychwelyd i bencadlys y Tîm Taro ac yn mynd i'r ganolfan weithredoedd. Mae Nemesis yn synnu wrth dy weld ti yno.

"Ble mae'r ferch?" mae e'n gofyn. Rwyt ti'n dweud wrtho beth ddigwyddodd. Mae e'n gandryll. "Fe gefaist ti orchymyn Côd Du i ti beidio â dychwelyd yma heb y ferch!" Rwyt ti'n ceisio egluro, ond dyw e ddim yn gwrando arnat. "Ond dyw'r ferch ddim yma!" mae e'n cyfarth.

• **Cer i 49**

46

Rwyt ti'n dringo i mewn i'r hofrennydd, yn gwisgo dy ddyfais gyfathrebu, ac yn gofyn i'r peilot hedfan i'r ysgol mor gyflym â phosibl.

Wrth i'r hofrennydd hedfan dros y coed, rwyt ti'n cysylltu â Nemesis ar y radio er mwyn cael y wybodaeth ddiweddaraf. Mae e'n dweud fod y gang wedi cipio'r ferch a'u bod nhw'n brwydro yn erbyn heddlu arfog tu allan i'r ysgol. Mae e wedi anfon unedau milwrol eraill i'r ysgol, ond fyddan nhw ddim yn cyrraedd yno o dy flaen.

- **Os wyt ti'n penderfynu aros nes bydd yr unedau milwrol yn cyrraedd, cer i 8**
- **Os wyt ti'n dal eisiau cyrraedd yr ysgol mor fuan â phosibl, cer i 23**

47

Rwyt ti'n anwybyddu protestiadau Manos ac yn gwasgu'r glicied. Mae bwledi'n disgyn fel glaw ar y gang. Maen nhw'n tanio'n ôl. Wrth i'r ymladd barhau, rwyt ti'n sylwi ar y ferch yn cwympo i'r llawr. Rwyt ti wedi ei tharo!

"Y ffŵl!" mae Manos yn bloeddio. "Beth wyt ti wedi'i wneud?" Mae'r gang yn dal ati i saethu at yr hofrennydd. Mae llafnau'r hofrennydd yn cael eu taro ac rydych chi'n cwympo i'r ddaear.

- **Rwyt ti wedi methu'n llwyr. Os wyt ti eisiau dechrau eto, tro'n ôl i 1**

47

48

Rwyt ti'n gofyn i'r peilot lanio'r hofrennydd ychydig bellter oddi wrth y warws. Tra mae e'n gwneud hynny, rwyt ti a Manos yn arfogi eich hunain, ac yn gwisgo mygydau nwy a helmedau.

Mae'r hofrennydd yn glanio, ac rwyt ti'n dweud wrth y peilot i ddechrau ymosod ar flaen y warws pan fyddi di'n gorchymyn hynny. Rwyt ti a Manos yn llamu allan o'r hofrennydd ac yn rhedeg tuag at gefn yr adeilad. Mae'r drws yno wedi'i gloi. Rwyt ti'n gosod dyfais ffrwydrol yn erbyn y drws, ac yna'n defnyddio'r radio i orchymyn i'r peilot ddechrau ymosod ar flaen yr adeilad. Rwyt ti'n gallu clywed yr hofrennydd yn agosáu, ac yna'r gynnau'n tanio. Rwyt ti'n gwasgu'r botwm ar y taniwr, ac mae'r drws yn ffrwydro. Rwyt ti a Manos yn rhuthro i mewn i'r warws.

• **Os wyt ti'n penderfynu taflu grenadau syfrdanu, cer i 42**
• **Os wyt ti eisiau dechrau saethu ar unwaith, cer i 13**